어머니의 숨소리와
동행하면서…

| 김기담 시집 |

어머니의 숨소리

한누리미디어

시집 《어머니의 숨소리》를 출간하는 의미는 나에게는 영광이면서도 가슴 설레임을 억누를 수가 없다. 이 험난한 세월을 살아오면서 황혼기에 시를 쓰고 읊으며 수필을 쓸 수 있는 사실에 감사한다.

시를 쓰는 선물이 주어지지 않았으면 무엇을 하며 어떻게 살고 있을까. 어디에서 삶의 가치와 기쁨을 얻을 수 있었을까. 이 세상에서 나의 삶을 들여다보면서 시를 쓸 수 있도록 도와주는 모든 조건에 감사한 마음을 전하고 싶다.

그리고 시를 쓰는 고뇌를 끊임없이 견디고 시인으로서 황혼길을 걷는 나 자신에게 감사한다. 시인의 스승은 현실이라는 김수영 시인의 말대로 시의 스승은 현실임을 깨닫는다.

신안의 외딴섬에서 태어나 6.25전쟁의 비극을 목격하고 보릿고개 굶주림의 현실에서도 어머니의 숨소리가 자양분이 되어 내 시심을 키운 스승임을 믿는다.

나는 시를 통해 나를 이해하고, 인간을 이해하고 내가 살아온 이 시대의 현실을 이해하려고 노력해 왔다. 그렇지만 인간과 자연과 사물의 현상을 나만의 시각으로 그려내기에는 너무도 미흡함을 절감하며 외연 확대를 위해서라도 저 넓은 우주와 화합하고자 더욱 힘쓰고 싶다.

어머니의 숨소리와 동행하면서….

2023년 4월 봄의 한복판에서

지은이 도송 김 기 담

박 지 원
전 국가정보원 원장

어둠을 밝히는 불빛처럼 온기가 느껴지는 시들입니다.
시집《어머니의 숨소리》의 제목이 함축하듯이 사랑의
완결은 어머니의 사랑임을 노래하고 있습니다.

평소 김기담 시인은 문태문학 활동에도 적극적으로 참
여하고 열정과 신념이 분명할 뿐만 아니라 언론민주화와
남북통일에 관해서도 남다른 관심을 가지고 있었는데 그
의 이러한 삶의 철학이 고스란히 시로 영글어 가고 있었
나 봅니다.

특히 지난 10월 29일에 일어난 이태원 참사 159명의 영
령들을 위로하는 시구에서 하늘과 땅을 향해 절규하는 자
식 잃은 부모들의 마음에 공감하는 시인의 뜨거운 가슴을
엿볼 수 있었습니다.

인생의 황혼녘에서 시와 수필을 쓰며 자연과 사랑과 평
화를 노래하는 김기담 시인에게 늘 행복이 함께하길 기원
하며 자랑스런 문태문인의 길을 가시기 바랍니다.

권 영 길
15·16·17대 대통령 후보

나는 어릴 적 꿈이 작가가 되는 것이었으나 작가는 못 되고 신문기자가 됐습니다. 기자생활을 하면서도 소설을 써보고 싶다는 생각을 버리지 못했으나 노동운동, 진보정치운동에 빠지면서 작가의 꿈은 가슴에 묻어둔 채 오늘에 이르고 말았습니다.

그런 내 앞에 나의 40년 지기 김기담이 느닷없이 시인으로 나타났습니다. 나뿐만이 아니라 김기담과 함께 언론민주화운동을 해 온 그 누구도 김기담이 시인이 되리라고 생각해 본 적이 없었을 것이므로 느닷없이 나타났다는 말 이외에 달리 표현할 말이 떠오르지 않습니다.

2021년 여름이었습니다. 김기담이 자신의 시와 수필이 신인상 당선작으로 선정되어 실린 문학지를 보내왔습니다. 그 순간 나는 '아니, 김기담이 시인이 됐어! 언제 시를 써서 등단을 한 거야!' 라며 놀라움에 혼잣말을 뱉었습니다.

정말 놀랐습니다. 감탄했습니다. 그리고 기뻤습니다. 알고 보니 김기담은 연세대학교 미래교육원에서 문학수업을 받고 습작기간도 거쳐 시와 수필 신인상을 받으면서 등단한 것이었습니다.

자신이 살아온 삶을 시나 수필로 쓰고 싶어 문학수업을 받았다는 김기담의 당선소감을 보았습니다. 김기담의 말대로 그의 삶이 시고 수필입니다. 그는 황혼기에 그의 인생을 시로 노래하고 수필로 이야기합니다.

김기담의 삶은 곧고 바르게 살아온 올곧은 삶입니다. 나와 김기담은 언론민주화운동을 통해 사회민주화에 기여하자는 언론노동운동의 길에서 만났습니다. 우리들은 줄곧 사회민주화운동, 한반도 평화 만들기 운동에도 호흡을 맞추며 함께 걸어왔습니다.

김기담은 넓은 바다의 외딴섬, 파도와 더불어 살아온 그의 삶을 어머니의 숨소리에 실어 노래하고 있습니다. 이 세상 모든 어머니는 사랑입니다. 평화입니다.

우리 모두 사랑하고 평화롭게 살아가기를 바라며 김기담의 시집 《어머니의 숨소리》 출판을 진심으로 축하드리고 추천합니다.

| 축사 |

변상욱
대기자

마음 훈훈해지는 시들을 대하면서 추천사 몇 줄 적습니다.

기담 형님….

치열하고 때론 지루한 토론이 이어질 때면 그의 얼굴을 바라보곤 했습니다.

거짓 없고 감추지 못하는 순박한 얼굴.

열정, 신념, 안타까움, 분노가 고스란히 드러나는 데도 말수는 극히 적었습니다.

그래도 그 누구든 힘든 속을 털어 놓으면 자기 일처럼 나서주시고 끝까지 함께하며 자리를 지키는 건 그의 몫이었습니다. 그리고 그게 그의 시로 농염하게 익어가고 있었나 봅니다.

'산마늘' 이란 시에서 "너는 우주와의 약속을 지켰다" 고 노래했는데 역사와 동지들에게 한결같았던 그의 순정을 생각할 때 "당신은 우리와의 약속을 지켰다"고 말해주고 싶습니다.

차례

제 1 부 그리운 어머니

제2부 망월동의 영혼들

차례

제3부 보지 못하는 뒷모습

제4부 어머니의 숨소리

차례

제5부 오늘은 참 좋다

제6부 희망

어머니의 숨소리

제 **1** 부

그리운 어머니

가을새우

추젓
바다 바람
오대양 육대주
평화

가을상추

작년 가을 옥상에
상추 모종을 심었다
가을 내내 고맙게 취했다

찬바람이 불어와도 생을 마감하지 않고
건강하게 우뚝 서 있다

봄이 오니 한파를 이겨냈다고 뽐내며
왕성한 생명력으로
'내가 가을상추입니다'
함성을 지른다

조상들은 상추 씨앗이 귀해
천금을 주고 샀다고 해서
천금채라 했다지

그 효능은
독소제거, 이뇨작용, 노화방지, 불면증해소
가슴에 뭉친 화를 없애준다지

상추에는 벌레가 접근하지 못한다
우리 몸과 마음에 행복을 해치는
벌레가 접근하지 못하도록 상추를 먹자

상추는 인삼보다 상위에 있다고 해서 상추란다
봄여름의 녹색 계절에 상추 먹고
스트레스와 화병을 날려 보내자

감자꽃 당신

구룡산 정상에 올라
동쪽 하늘 바라본다
목화솜 훨훨 춤추며 흘러간다

아래로 철새 세 마리
사랑 찾아 날아간다
엄마의 감자꽃 따는 모습 스친다

목화솜 사이로 떠오르는 햇빛이
내 가슴을 감싼다
그리운 어머니 젖가슴을 만진다

겨울

겨울바다 그리워
공평항에 갔다
보고 싶은 새들은 어디 갔을까

그대 그리워 찾아갔건만
매서운 해풍에 눈물져
흘러갔나 보다

끄적끄적 회상하며
눈발 날리는 지평선에
인고의 세월을 읽는다

남은 날은 적어도
뜨거운 혼령
동행하기를 빌어본다

견딜 수 있는 힘

밝음과 어둠이 공존하는 세상
흔들리지 않고
윤리와 도덕의 틀을 벗어나지 않았다

찬바람 몰아칠 때마다
어머니의 숨소리가 마음을 감싸줬다

고맙소
사랑하오
힘든 날에도 힘든지 모르고 살아남았소

철옹성 같은 어머니의 숨소리…

고독은 내 친구

저물어가는 석양에
공원벤치에 앉아 있다

피할 수 없는 황혼길에
고독과 동행하며 허공을 바라본다

그는 내 이지러진 두 뺨을
인두질한다

아무나 친할 수 없는
친구가 아니던가…

공평항에서

눈에 보이는 것에 빠져
눈에 보이지 않는 것을 잃어버리고
산 세월

바다가 속삭인다
외로워 마라
내가 네 곁에 있어 줄게
네가 슬플 때 대신 울어 줄게

돌고래 떼는
보이는 것이나
보이지 않는 것을
슬퍼하지 않는다

은색 파도가 연달은다

공항의 눈물

아쉬운 눈물 뿌리며 떠난 국화꽃
그러나
아쉬운 눈물이 아니라고 생각했다
좀 섭섭하긴 하더라도
다시 만나기로 한 눈물이기에
슬픔의 눈물은 아니었을 것이다
그러나
긴긴 날 돌아올 수 없는 눈물임을
그도 몰랐을 것이다

그리운 어머니

어머니는 83세에 저세상으로 가셨다
막내아들 막내며느리 곁에서
20년을 행복해 하셨다 뜻하지 않은 교통사고로
사랑하는 아들과 손자들을 두고
이생을 이별하셨으니
슬픔을 감당할 길 없다

모시는 동안 고뿔 한 번 없이 한라산 정상을
오르시는 건강체질이셨으니
임종 없이 이별할 줄 짐작도 못했다
교통사고 순간에도 어머니는
아들과 손자들 생각에
고통도 잊으셨을 것 같다

확실한 사실은 어머니는 하늘에 오르사
자식들의 행운을 빌며 행복해 하심을 믿는다

그때 그 사람

오늘은 비바람 세차고
유례없는 천둥번개가
지구를 깨뜨릴 기세다

창문을 열고 먼 하늘
바라본다
그날 너와 내가 손잡고
맹세하며 걷던 금호동길

비바람 세차게 가슴을
때리네
오늘은 너무 그리워
눈물 흘리네

흘러가는 구름에
한 점의 초록색을 띄운다
내 마음도 사랑을 이끄는 별이 되리라
여호와의 은총이 너와 함께하기를…

기쁨 위에 슬픔

금수강산 푸르른 날
오곡이 파도치며 넘실거린다
노랗게 익은 벼 밭을
트랙터가 갈아엎는다

봄부터 씨앗 뿌려 애지중지
가꿔온 자식 같은 벼이삭
벼이삭의 신음소리를 듣는가?

금수강산 푸르른 날에
천하지대본이 통곡한다
더불어 춤출 수 있도록 대책을 세워라

기억

남도의 외로운 섬 수도
전기도 기차도 존재조차 몰랐네
왜 사람들을 포승줄로
굴비 엮듯이 엮어

들물살로 끌고 갔는지 몰랐네
양팔을 묶어 질질 끌고
고개 넘어 가는 것도 보았네
그때는 몰랐네 왜 그랬는지

9.28 수복 후 그들이
총살당하는 것을 보았네
두 동강 난 조국이여
하나 되는 날이 어서 오소서

길동무

눈물 없이 우는 날이
몇 날이었는가

기러기떼 삼각편대
섬 위를 날은다

돌고래떼 파도치며
북으로 간다

믿음의 바람 분다
사랑의 바람 분다

인생길
하늘나라에서 어머니가 보낸
사랑 실은 바람 동행한다

김밥 할머니

김밥 가래떡 번데기
펼쳐놓고 세월을 한탄한다
아이고 이 세상
억울하고 분하다

무엇이 그렇게 억울하신가요
내 나이 82세
전라도 영암에서 나주로 시집갔어

호강 한 번 못해 보고
바람둥이 신랑 땜서 속 좀 끓였다
서울대공원 앞에서 40년을 좌판과 함께
살다 보니 한세월 흘렀다
이제는 연애도 할 수 없다

자제분은 몇 분이나 두셨나요
아들 셋 딸 하나여
다들 가정을 이루고 잘 살아요

신랑분도 능력이 대단하시고

할머니도 농사를 잘 지으셨네요
아들을 셋씩이나 잘 키우셨으니

신랑놈이 바람도 잘 피웠지만
아들을 쑥 쑥 잘 만들더라고
하 하 하……
좋은 세상 누리지 못하고 일찍 갔어

가래떡 한 봉지에
고객에 따라
3천 원
2천 원
1천 원의 고무줄 정찰제를 적용한다
딱 보면 안다

40년 경험에서 터득한 기술이다

자연의 이치에 순응한
할머니의 삶이 존경스럽다

자 가래떡 한 묶음에 천원
자 가래떡 한 묶음에 천원
저물어가는 오후 정찰 가격을
외친다

나도 같은 생각

보지 않아도 본 것처럼
보지 않으면 늘 보고 싶은 사람
보지 않아도 본 것처럼
늘 든든한 사람
만나면 언제나 마음이 편안한 사람
무슨 이야기든
마음속의 이야기를 거리낌 없이
할 수 있는 사람
그런 사람이 진정한 친구다
그 어떤 긍정적인 영향을 끼치지 않는 이는
친구로 삼지 말자

— 시인 정호승의 '시가 있는 산문집' 에서

제 **2** 부

망월동의 영혼들

내가 기러기가 되면

내가 기러기가 되면
기러기는 구름이 되고

구름은 기러기가 되고
내가 구름이 되면

구름은 기러기가 되어
떼 지어 하늘을 날고

기러기는 우주를 날은다

내가 시를 안다고

내가 시를 안다고 생각할 때
얼마나 모르고 있는지
그 순간 나는 해를 보고 햇빛을 먹는다

해는 그저 멀리서 지구를 덮는다
내 운명과는 상관도 없지만
햇빛이 없이는 숨 쉴 수 없다

석양에 시가 다가와 내 마음을 흔든다
내 영혼의 고향이 시의 나라인지 모른다고…

내가 태어난 수도

그리운 섬 수도
오늘도 바닷물은 돌아 흐른다

어머니의 숨소리가
가슴을 적신다

볼 때마다 반갑고
회상할 때마다 포근한 사랑 미소 짓는다

내가 태어난 집

내가 탯줄을 끊고 자라던
수도리 마을의 생가가
빈집으로 서 있다
저 집을 사서 새로 지을까
내가 어렸을 때 어머니 등에 업혀
자장가 소리 듣던 토방
그대로 흐렁흐렁 잠이 들던 토방
아들아 아빠가 듣던 뻐국새 소리
토방에 앉아 듣지 않을래
아버지!
죄송하지만 세월의 흐름은
건드리지 않는 것이 좋을 것 같아요

노천탕

42세 아들
아버지 목욕 끝나고
집으로 가실 거예요?

75세 아버지
말없이 아들을 쳐다보고
탕을 빠져 나간다

질문을 했는데 답이 없다
아들은 파안대소로 소통했다 하고
어머니는 평생 가슴이 터진단다

농민의 통곡

금수강산 푸르른 날
오곡이 파도치며 넘실댄다
노랗게 익은 벼 밭을
트랙터가 갈아엎는다

봄부터 씨앗 뿌려 애지중지
가꿔온 자식 같은 벼이삭의
신음소리를 듣는가?

금수강산 푸르른 날에
천하지대본이 통곡한다
더불어 춤추는 길을 열어라

눈

분노한 서울하늘 땅으로
눈이 내리고
함박눈이 내린다
내리는 눈은 쌓이지 않는다
통곡하는 부모의 머리 위에도
눈이 내리고
이태원 골목길에도 그칠 새 없이
눈이 내린다
내리는 눈은 쌓이지 않는다
통곡의 언어들이
가슴에 얼어버린다
10.29 참사의 죄인들아
하늘의 두려움을
깨닫지 못하느냐
눈이 내리고
내리는 눈은 쌓이지 않는다
하늘이 응징의 눈으로 쌓일지니

눈치 구단

퇴근 후 현관을 들어서면
어머니는 아들 표정부터 살핀다

귀신도 못 맞추는
바깥 삶을 직감하고 물으신다

밖에서 무슨 일 있었느냐
아니요 일은 무슨 일
표정관리에 애를 쓴다

어머니는
내 눈은 못 속인다는 표정으로
막내아들 걱정에
한숨 쉬며 돌아앉으신다

어머니는 눈치 구단이다

동지를 위하여

동지 넘어 동지여
오로지 우주 심장 관통하는
동지여!
너는 나를 믿고
나는 너를 믿고
내일도
또 내일도
바위처럼 그 자리에…

두 아들

내 사랑 두 아들
사랑이란 단어도 모자라
짜랑 짜랑 내 짜랑
덩실 덩실 춤추던 할머니

오늘도 너희가 있어
풍파에 흔들리지 않고
아버지 자리 지킬 수 있었다
고맙고 또 고맙다

존재 자체가 행복이고
희망이다
아침마다 눈을 뜨면 외친다
짜리야 짜리답고 당당하게…

똥파리

똥파리떼가 날아든다
똥파리떼가 날아든다
횡 횡 횡
쇠파리들 눈치도 안 본다

똥파리가 정신줄 놓고
똥을 빨고 있다
똥파리는 표절 논문에도
눈 딱 감고 싸인한다

다운 계약서도
눈 질끈 감고 싸인한다
주가 조작도 눈 감고 빨아 먹는다

똥파리가 횡 횡 난다
하늬바람 마파람 가리지 않는다
죽음이 엄습해 옴을 알지 못한다

똥파리가 똥을 빨고 있다
정신줄 놓고…

막다른 길

동사도 꼼짝 못한다
명사도 제자리를 못 찾는다

형용사 부사도
찾을 길 없어 안절부절이다

망월동의 영혼들

망월동 가는 길에
피울림의 봄비가 내리고
태극기도 고개 숙이고 있네

자유와 민주
정의와 평화의 함성이
소리 없는 아우성이 되고
억울한 무덤들이
산천은 알고 있다며 심장을 치네

5월의 아픔 속에
사랑도 미움도
명예도 원망도 없이 묻힌 영혼
죽어서도 죽지 않는 영혼들
차마 미안하고 부끄러워 눈물만 흘리네

역사는 망월동을
민주성지로 기억하리라고…
고통 없는 세상에서 편히 잠드시라 하네

명함

인생 황혼기에
이름 앞에 붙은 관사
시인, 수필가

처음 만난 사람과
통성명이 끝나면
교환하는 명함

한여름 풀 먹인
모시적삼 걸친 마음
이름 앞에 시인, 수필가

모란장

없는 것 빼놓고 다 있다
삶의 꽃들이 장마당을 벌였다
할머니 할아버지 손자 손녀
손님들로 와자지껄 생기 넘친다
이 가게 저 가게 몰려드는 꽃님
동지팥죽, 칼국수, 생선구이 즉석 만찬
얼씨구 얼씨구 들어간다
품바타령이 흥을 돋군다

저마다 재주 하나씩 뿜낸다
장난 아니다

장날 장사로 인생의 행복을 찾는 꽃!

— 어머니의 숨소리 —

제 **3** 부

보지 못하는 뒷모습

문학 나들이

거친 숨소리가 가득한
서울 사당역을 떠난 문우들
푸름이 졸고 있는
충북 보훈 휴양원을 깨운다

별이 빛나는 밤
술 한 잔에 문학 이야기 막춤을 추며
벙어리 거시기를 거시기해서 거시기했다며
재주 하나씩 풀어 제치며
배꼽을 움켜쥐고 빗장을 푼다

세상살이에서
나를 잊고 살아온 세월
쌓였던 희생과 외로움을
마음껏 토해낸 만남의 시간들
오랫동안 그리움으로 남을 것이다

아침 햇살이 푸른 나무를 깨우고
시원한 콩나물국이
가슴을 쓰다듬어 준다

바닷길

슬픔과 한이 서린
바닷길
그 바닷길에
사랑과 희망도
배달해 줬다

하늬바람
마파람
밀물과
썰물이
바닷길을 연다

세월은
다리라는 이름으로
육지길이 열렸다

바램

함박눈 내리는 날
어느 노을 지는 날

땅에 떨어지는 함박눈
녹은 물에 가슴 인두질한다

눈 녹은 물에
긴 머리 감는다

몇날 며칠
바다에서 안길 것이다

보고픔

별빛
쏟아지는 밤

푸른 보리밭
고요히 잠든다
유채꽃도
꿈속을 헤맨다

오래된
당신이 그리워
나는 밤을 지샌다

때로는 별빛 타고
호수에 잠기고 싶었다

보지 못하는 뒷모습

내 뒷모습 부끄럽지 않으리라
뒤돌아보았으나
뒷모습이 아름다워 보이질 않는다
친구야 내 뒷모습 좀 봐다오
가끔 아름다울 때도 있었다고

봄눈

진눈깨비 흩날린다
함박눈 내리면서 녹는다

깊고 붉은 상처
새살이 돋아난다

봄은 온다

꽁꽁 숨어 우는 풀뿌리들이
수근 수근 온 푸름 찾아와
대지 위 약동의 축포가
잠든 우주를 깨운다
못다 핀 159송이들
사시사철 지지 않는
활짝 핀 꽃이어라

봄이 다시 찾아온다

살을 에는 칼바람은 갔나 보다
헤어지는 아쉬움을 남기고

소래포구 갈매기떼 몰려온다
청둥오리 한 쌍도 사랑스런 산책한다

얼굴을 감싸는 바람은
마음을 포근하게 간지럽힌다

따뜻한 봄기운 따라
모두에게 사랑의 봄바람이었으면 좋겠다

봉정암

설악산
해발 1200미터
부처님 뇌사리를 모신 곳

1400년 전에 세운 탑
희망의 성지
봄이 오기를 기다려
봉정암을 향한다

지구를 집어 삼킬 듯한
세찬 바람
부질없는 걱정일랑
날려 보낸다

수림동계곡, 쌍폭포, 깔닥고개
바람 끝에 매달려
잃었던 삶에 희망을 품었다

분홍 꽃

피 끓는 청춘에
별과 밤이 있었다
황혼에도
별과 달밤이 오리니
인생 오직 외롭고 쓸쓸하고
사랑도 고통이어라
그대 한 순간도 떠나보내지 못하는
슬픔을 갖거니와
깊은 밤 그대는
내가 알 수 없는 한쪽 하늘 아래
쉬는가?

고향 뒷산에는 분홍 꽃 반가이 웃고
두견새 애달프게 노래한다

빠름보다 느림을

욕망을 찾아 달려가면
새소리 벌레소리도 듣지 못한다
욕망을 쫓다 보면
아름다운 가을 푸르름도 못 느낀다

욕심이 넘쳐 시간의 흐름을
놓쳤을 때
어느덧 꽃이 짐을 느낀다
후회하고 안타까워한들 때는 늦었다

느림으로 여유와 안식을 찾아
삶을 성찰하므로
새소리 바람소리 평화의 소리를 듣자
욕망은 신기루처럼 사라진다

사라진 우물

우리 집 옆에는
마을 공동우물이 있었다
가뭄이 지속되면
바닥까지 내려가
두레박으로 물을 들어올리기도 했다
아, 하고 소리치면
아, 하고 소리를 받아주어
나는 물 긷는 것이 즐거웠다
추억 그리워 찾아갔던
우물은 죽고 없다
추억도 사라졌다

산마늘

사람들은 너를
보릿고개 가난한 시절
목숨을 이어준다 하여
명이라고 불렀다지

옥상 텃밭에서 너를 만난 지
5년이 지났다

해마다 3월이 오면
너는 우주와의 약속을 지켰다

한파를 이겨내고 다시 찾아준 네가
아지랑이 아롱아롱
만물이 함께 춤춘다

산책

260조 개의 세포가
현관문을 열라 한다

3월 16일

얼굴을 간지럽히는 바람이다
하늘은 왜 이리도 맑을까
뒷동산 매화 꽃봉오리들이
이 가지 저 가지 다투어 경쟁한다
소나무 잎은 어제와 같이 푸르다
그래도 가지끼리 햇빛 받으려 경쟁한다
이쪽 산비탈이나 저쪽 산비탈이나
같은 꿈을 꾸고 있다

저마다 만물은 밝은 희망으로 들썩인다

─ 어머니의 숨소리 ─

제 **4** 부

어머니의 숨소리

설산

여행지였던
그곳에 마음이 남아 있다
그도 마음에 남아 있을까
사랑하는 사람과의 여행이
오지로 남아 있다
나의 육신이 먼지 되어
바람에 흩날릴 때까지
마음의 설산에 남기를…

세상을 품자

이렇게 좋은 세상
근심 걱정 다 버리자

이렇게 좋은 날
근심 걱정 다 버리자

아등바등 욕심 부리다
좋은 고기 다 놓칠세라

이것 잃고 저것 잃은
후회는 늦다

세상일

세상일 저절로 되는 것이 없다
억울함, 슬픔, 분노, 외로움, 고독
희망의 기도로 생기는 것

흐르는 강물도 푸르른 산천도
봄이 동행한 바람도
우주의 이치에 따른 것이다

소나기 쏟아지는 밤

문살이 부서질 것 같은
지구를 때리는 소리 요란하다

잠 깨어 밖을 본다

언제까지 때릴려나
멈추게 할 재주가 없다

농작물에 별 도움이
안 된다는데

산사태나 홍수 피해가
없기를…

소래포구

새우잡이 어선들이 들어온다
아낙네들 손길이 바쁘다

그 여름의 오후
사람들이 북적거린다

자, 회 한 사라 만 원,
자, 꽃게 일 킬로 이 만 원

덩달아 내 마음도
풍성했다

붉은 빛으로 물드는 저녁노을과
어물시장의 풍성함을 돌아보고 왔다

소양강 상류에서

자지러져 푸르름을
안고 있는 춘천댐 상류
10월 산 짙은 녹음은
서서히 겨울을 준비한다

찬바람이 돌아 흐른다
검푸른 수면 간지럽혀
물안개를 피워 올린다
60조 개의 세포가 춤춘다

인적 끊긴 강가에
흉물로 널브러져 있는
숯불구이 간판, 방갈로, 플라스틱
우주를 슬프게 하나니…

시간

그대는 인간을
슬프게도 하고
기쁘게도 하고
괴롭게도 하고
외롭게도 하고
고독에 잠들게도 한다
사랑과 행복을 동행하게도 한다

10월 어느 날

밤낮으로 흐르는 시냇물같이
흘러간 세월

가슴에 아름답게 자리한 것도 아닌데
새삼스레 추억에 담긴 것도 아닌 사람이
생각 나

그날 그 분위기 카페에서
부드러운 커피를 마시고 싶은 건
가을이기 때문인가 보다

신록

아카시아 꽃향기
우주를 감싸더니
때까치 짹 짹 짹
슬피 운다

그 많은 꽃잎이 휘날린다
아카시아 양봉쟁이들
이동한다
이름 모를 꽃을 찾아

우거진 신록 앞에
콧노래 부르며

아들

너의 등을 두드리면
행복한 향수 냄새가 난다
세상에 하나도 아니고
둘이나 있는 향수꽃
아들에게서는 나만 아는
행복의 향수 냄새난다

아삭이 고추

일명 오이 고추
한여름 입맛을
돋구어준 아삭이 고추

주렁 주렁 많이도 열렸다
칠월이 지나가고
팔월이 다가오니

아삭이 고추가
청양고추처럼 맵다

종족 번식을 위한
처절한 작전에
돌입했나 보다

어느 겨울밤

산과 바다도 잠든 밤
혹한으로
외딴섬은 얼어붙었다
흰 이불을 함빡 뒤집어 쓴 채
동트기를 기다린다

외딴섬 초가집
소나무가지 불빛 활활 타오른다
밤새 굶주린 생명을 위해

어리석음

사랑은 둘이 하는 것이다
사랑은 가장 좋은 사람과
마주앉는 것이다

가장 소중한 것은 사랑하는
사람과 나누는 것이다
겨울이 지나면 봄이 오듯이
내 옆에 있던 좋은 사람도
떠나가 나 혼자임을

미리 깨닫지 못하는 어리석음…

어머니의 숨소리

어머니의 정과 사랑은
한이 없는 것인가

푸른 바다 자장가에 졸며
떠있는 고향
섬에 갇힌 어머니는
예쁜 꿈도 없이
자식 욕심만 부린다고 생각했습니다

보릿고개 가난 속에
풀나물죽 먹기 싫다는 아들에게
작은 조기 구워 몸통 주고 머리만 드시기에
어머니는 먹고 싶은 것도 없는 줄 알았습니다

품안 자식들을 위해
송아지 키워 상급학교 진학의 꿈을
물래 돌려 자식 옷 만들고
생선 행상에 땀 밴 몸빼
어머니는 입고 싶은 옷도
화장품도 모르는 줄 알았습니다

황혼길에서야
어머니의 숨소리를 듣고
어리광을 부리고 싶지만
조용히 다가와 미소만 짓고 계십니다

엄마의 주고 싶은 마음

어머니는 받는 것보다 주는 것을 즐거워 하셨다
보릿고개 물래 돌리는 품앗이
톳나물 된장무침 온동네 잔치 벌리신다
고구마, 단술, 동치미
온동네 할아버지 할머니 다 부른다
색다른 음식 만들라치면
혼자 드시는 것을 본 적이 없다

나도 받는 것보다 주는 행복이 너무 큼을 알았다

제**5**부

오늘은 참 좋다

여행 선물

아들아 신혼여행 다녀올 때
선물 사 오지 마라
두 사람 밝은 목소리와 웃음으로
아버지
여행 잘 다녀왔습니다
그 목소리 그 표정이 나에겐
그 무엇과도 바꿀 수 없는 선물이다
그 약속 지켜줘서 고맙다
아들아!

연세문학의 비상

2021년 3월
봄바람 불어온다
연세 캠퍼스를 쓸고 간다

외로움 싣고 구름 타고 간다
눈물도 슬픔도 동행한다

이글거리는 태양열
심장을 감싸주는 바람이 불어온다
사랑 열정 기쁨을 안고 심장을 감싸준다

붉은 장미 44송이 연세에세이 가슴에 안긴다
까치바람이 불어온다
연세문학의 비상을 싣고 온다

하느님도 아름다워 여정에 동행하신다

오늘은 참 좋다

보기 싫은 꼴 안 보니 좋다
듣기 싫은 소리 듣지 않으니 좋다

듣고 싶은 말을 듣고
그리운 벗을 만나
참 좋은 날이다

오월

수암산 정상에서 바라본다
하늘은 푸르름 안고
흰 구름 세 조각 흘러간다
땅은 아카시아 향기 품고
가슴은 용광로처럼 타오른다
오월 푸르른 산천이 말을 걸어온다

가슴을 활짝 펴고 웃어라
사랑을 외쳐라
감사하다고 외쳐라
소중한 인연들이여
우주가 춤추는 계절에
사랑을 전해 보자
너와 내가 함께

58년만에 만난 친구

뒷산 계곡에 쌓이는 눈을 보면
성탄절 어딘가에
사랑이 싹트는가 보다

밤하늘에 반짝이는 별을 보면
외로움을 동반한 눈물이
있는가 보다

친구야!
행복 찾아 중국대륙을
누비던 30년
사랑의 눈물을 흘렸는가?

황혼에서야
진실에 대한 확신처럼
함께 걷다가
눈물을 노래하는 꽃을 피우자꾸나

욕

염병 삼년에 더해
오뉴월에 홑이불 덮고
땀 못 내고
죽을 연, 놈들아

검사, 판사, 경찰
보고 듣고도 모른 척하는
기레기들
백성들의 피를 빨면서

선량한 백성들…
없는 죄 뒤집어 씌워
감옥 보낸 연놈들아
이런 욕 들어 봤냐

6월이 오니

지구의 초목들은
스스로
꽃 피우고
잎 피우고
가슴을 채운다

녹음이 울창하게
힘을 채운다
높고 푸르른
하늘 기운이

육지

육지가 그리운 섬소년
바다를 건너면 육지인 줄 알았다

바다를 건너보니 거기도 섬이었다
그 섬도 호롱불이었다

여름 밤 보릿대 위에 누워
별을 헤다가 꿈을 꾸었다

바다 저편에 나에게도
이루어진다는 차례가 웃는다

그럭저럭 세월 가더니
황혼길에 시를 쓰고 있다

이른 아침에

수정같이 맑은 마음으로

주변 사물에게
미소 지으며 대하고
주위가 더 밝아지는
아침 햇살같이

인생살이 고뇌를
헤아릴 수 있으랴마는

너와 내가 밝은 미소
주고받는 세상으로
덧씌우자

이수인 추모 가곡제에 다녀와서

한동안 가뭄이었다
늦가을 등 뒤로 밀어내는
촉촉한 비가 추모한다

앞으로 앞으로 앞으로 앞으로
지구는 동그라니까 자꾸 걸어가면
온 세상 어린이 만나고
우주의 하나 됨을 알리는
천사들의 합창으로
가곡제의 문을 열었다

그는 민족을 사랑했고
국가를 유난히 사랑했으며
국가의 미래인 어린이들을 사랑했고
자신을 어린이 영혼에 묻었네

그의 때 묻지 않는 표정
그의 예수님 닮은 미소
그 가슴에서 묻어 나오는
가곡의 음률이 내 가슴을 적시고

백합같이 희고 순수한 마음
아름다운 자연과 하나 되고
진실한 사랑과 우정을 가르쳐 준
이 밤이 삶을 살찌웠다

동양의 슈베르트 작곡가 이수인이여!
당신의 존재에 감사합니다
사랑합니다

집에 돌아가는 길
추모하는 세찬 비가 내린다
바바리코트가 흠뻑 젖은 채로
지하철을 타고 집에 돌아왔다

인생

인생이란
삶과 죽음의 과정이라 했던가

지난날
남산 끝자락에서
확 죽으려고 했다

오늘날 무슨 운명의 장난인지
시를 노래하고 수필로 이야기하고 있다

사람은
자기 운명을 스스로 조작하는가 보다

일기

아침에 쓰레기 분리수거를 했다
유리병 페트병 플라스틱 음식물 쓰레기 등
지구에게 감사하면서도 미안한 생각이 든다

앙상한 은행나무 가지에서 까치 한 마리
짹짹 외로워서 울고 있다
저녁이 어둠을 몰고 와 행복 찾아 둥지로 간다

159의 영혼을 기리며

하늘이여
땅이여
어찌 해야 합니까
향불 앞에
꽃을 바쳐도
온몸이 저리고 떨려 옵니다

어찌 할거나
159의 청춘들아
159의 영혼들아

이 큰 슬픔이 지구를 덮쳐
통곡해도 답은 없고
분노의 불길만 타 오른다

숨 못 쉬게 짓누르는 무게가
얼마나 답답하고
두려웠을까

지켜주지 못한 산 자의 슬픔이

억울한 주검을
무엇으로 달랠 수 있겠는가

그 답답함
그 두려움 앞에
국가는 어디에 있었는가

사랑하는 꽃다운 청춘들이여
무참히 깔려 죽은 젊은이들이여
159의 영혼들이여

푸른 하늘 훨훨 날으며
이생에서 못 이룬 꿈
그곳에서 이루소서!

산 자들의 촛불 기도는
하늘을 향해 메아리칠 것이니…

일월 십삼일

영상 10도 포근한 겨울
밤은 짧아져 간다

은행나무 가지에서
까치가 울어댄다

뒷산 매화나무에
봄 소리 주렁주렁…

입춘

겨울 품속에
가슴 시린 추억
지루한 시간도 떠난 자리에
봄이 오는 소리 들리네요

얼어붙은 공간에
따스한 기운으로 간질여
한 줄기의 햇살에
봄이 기지개를 켜네요

앙상한 가지에
살결 찢으며 솟아오른 파릇한 싹들
까닭 모르는 그리움이 되어
바람 속에 사랑을 키우네요

입춘 타고 온 당신을
창밖으로 달려가
사랑의 세레나데를 부르며
기다릴게요

─ 어머니의 숨소리 ─

제6부

희망

자각

내가 세상을 얼마나 모르고 있는지
그 때마다 나는 하늘을 본다

하늘은 그저 무한한 높이에서
아무 뜻도 없이 푸르를 뿐이다
나의 삶과는 상관도 없다

가슴이 맺힐 때마다
하늘을 바라보며 갈구한다
결국 땅에는 없는 그 무슨
지점이 존재한다고 믿는다

하늘이여
매듭을 풀어달라고

자투리땅

집을 짓고 자투리땅에
상추 심고 고추 심고 가지도 심고
오손도손 살고 싶단다

자투리땅도 없어
옥상에 상추 심고 고추 심고
오이 심고 가지도 심었다

여름철 오이냉국은
가슴을 쓸어내린다

우리 집 옥상은
우리만의 슈퍼마켓이다

준비

오늘 하루도
생활에 밑줄을 친다
시의 씨앗을 찾아 헤맨다

삶과 죽음,
헤어짐의 슬픔에
무엇이 필요한가

깨달음
무명은 천지의 시작이요
유명은 만물의 어머니다

도덕경을 곱씹어 본다

징조

덮인 눈 녹아내리고
깊은 계곡 수정 구르는 소리

훈훈한 바람 지구를 감싼다
반가운 님이 오시려나 보다

님이 오시는 날
260조 세포 손잡고
춤추고 노래하리라

참 빠르다

새싹이 움트는 봄은 희망이었다
우주의 약동에 흠뻑 젖었다
죽도의 고동 줄기도 그리움으로 남는다

아지랑이와 서성거리다 멀어져 갔다
뜨겁게 쏟아지는 폭양을 맞는다
알곡이 풍성한 가을이 올 것이다

또 백설이 휘날리는
희망의 눈발을 맞게 될 것이다

추상

혼자 걷고 싶어 남산 길을 걷는다
낙엽이 내 머리 위에 사뿐히 내려앉는다

폭염이 쏟아지는 삼복더위도
태풍이 몰아치는 매미호도 견뎠으리라

산책길에 나선 외로움을 호소하는 이에게
쉬어가는 그늘로 위로하였을 것이다

생명의 아름다움을 마음껏 발휘했으며
자연의 이치를 깨달으며 일생을 아름답게 마감한다

마지막까지 아름다움과 사색과 외로움을 던져준다

따뜻한 봄길을 예비하고 낙엽은 휘날린다
사랑하라고 속삭여주고 낙엽은 휘날린다

추석 전날

두 아들을 데리고 조카들과 함께
경기도 광주시 안에 계시는
부모님 산소를 미리 다녀왔다

오늘은 나 혼자다
구룡산 정상에 올라
흘러가는 흰 구름을 쳐다본다

솔바람 소리가 가슴을 스친다
왜 이리 그리움이 많은가
나도 모를 외로움도 동반한다

살아온 날들과 살아갈 날들을
오손도손 이야기하고픈
그리운 님이 보고 싶다

충주 무학경당

남과 북을 관통하는 남한강 한강이
얼싸안고 우주의 기운을 싣고 온다

단양, 청주, 달래 강변의 충석탑도 춤춘다
덩어쇠, 철정, 마가, 마구
철기문화의 중심지 중원의 땅
국가의 안녕과 평화를 기원한
탑평리 석탑이 미소 짓는다

고구려 백제 신라의 상생문화가
융합된 중원의 역사!
가야 왕관 쓰고 신성한 바람 타고
하늘 길 따라 오신다

삼국의 상생과 평화
조상들의 얼을 가슴에 품고
충주 무학경당이여
중원 벌판에 영원히 빛나거라

7살의 기억

외딴 섬 수도리
물이 돌아 흐른다 하여
수도리라 했나 보다
푸른 물결 돌아 흐른다

봄이 오면 파란 보리밭
파도친다
석양이면 뻐꾹새 소쩍새
슬피 운다

싸리문 토방 위에
횟배 앓는 막내아들
등에 업고
하늘을 향해 흥얼 노래 부른다

의사도 약사도 없는
구름 위에 떠 있는 외딴 섬
당신은 하늘님

큰아들

아침 일찍 큰아들한테서
전화가 왔다

아빠 지금 뭐하셔
지금 책상 앞에서 멍 때리고 있다

애희는?
출근 준비하고 있지

엄마는?
일주일간 화순으로 휴가 떠났다

이상 끝,
모든 것이 다 통했다

팔월 초

무덥게 쏘아대는 햇빛
쏟아질 듯 멈출 듯 사이에 섰다

우거진 푸른 산야는
웅장한 푸르름을 앞세우며
젊음을 뽐내고 있다

우중충한 장맛비소리 속에
수필 소재 찾아 헤매고 있다

하루

별일 있는 순간도
별일 없는 순간도
하루라는 이름으로 지나간다

함박눈

그대 눈보라치는 바다 위에
조각배 타고 가는 사람

오고 가는 물고기들을
만나기 위하여
옷 적시는 사람

해와 달을 바라보며
사랑하고 싶다더니

황량한 들판에
함박눈 맞으며 서 있는 사람

행복도 전염된다

삶은 대상과의 만남이다
삶은 관계가 행복과 불행의 씨앗이 된다
삶은 누구와의 관계에 따라 달라진다
행복한 사람 옆으로 갈까 보다

까만 데 있으면 까맣게 되고
붉은 데 있으면 붉게 된다
까마귀 노는 곳에 백로야 가지 마라
어느 시인이 노래하지 않았던가?

행복도 전염된다
대저 행복한 사람은 그들끼리 모인다
행복하지 않은 사람도 그들끼리 모인다
불행한 사람은 주변에 사람이 없다

내가 행복해져서
타인에게 행복을 전염시키는
기쁜 삶을 만들지니

형님

형님!
이 초가을에
비바람 몰아칩니다

형님 그리워
흰 봉투에 글씨도 쓰지 않고
우표도 없이
편지를 부칩니다

형님 계신 천국에는
비바람도 없는 낙원이기에

희망

어느 시인은 외로우니까 인생이라고 노래했다
나는 외로움이 싫다

슬퍼하지 마라 슬픔은
기쁨을 동행한다고 했다

인간은 외로움과 슬픔이
빨리 끝나기를 원한다

시간이라는 약효가 슬픔 없이
나타나기를 원한다

외로움과 슬픔의 동행길에
마음을 때리는 전화벨이 울린다

어머니의 숨소리

·

지은이 / 김기담
발행인 / 김영란
발행처 / **한누리미디어**
디자인 / 지선숙

·

08303, 서울시 구로구 구로중앙로18길 40, 2층(구로동)
전화 / (02)379-4514, 379-4519
Fax / (02)379-4516
E-mail/hannury2003@daum.net

·

신고번호 / 제 25100-2016-000025호
신고연월일 / 2016. 4. 11
등록일 / 1993. 11. 4

·

초판발행일 / 2023년 4월 15일

·

ⓒ 2023 김기담 Printed in KOREA

·

값 **12,000원**

·

※잘못된 책은 바꿔드립니다.
※저자와의 협약으로 인지는 생략합니다.

·

ISBN 978-89-7969-869-5 03810